Mathis

# Vive l'aventure !

EDITIONS
THIERRY
MAGNIER

- Où va-t-on,
Boris ?

- Aucune idée, mon p'tit pote...
Nous partons à l'aventure !

- C'est chouette,
l'aventure...

- On ne sait pas où on va,
mais on y va!

- Au secours...
Un géant !
- Hou là,
quel affreux
bonhomme...

- Youhou!

- Mes anneaux ? Où sont mes anneaux ?
- Ha ha !

- Et maintenant, où va-t-on ?
- Je ne sais pas, l'aventure continue...

- En avant !

- Accrochez-vous !!!

- Coin?
- ?

- Vive l'aventure!
- Mes anneaux! J'ai encore perdu mes anneaux!
- ?
- Ouille! L'aventure, ça fait mal aux fesses!

- Et maintenant, où allons-nous, Boris ?

– Nous
verrons bien,
petit curieux.
En route vers
l'inconnu !

Tchou!
Tchou!
- Je l'ignore, jeune ami. Je n'y suis jamais allé.
- Boris, c'est loin, l'inconnu?

– Heu… on ne va pas trop vite, là ?
Tchou ! Tchou !

- Freine, Boris ! Freine !

- Je ne trouve pas le frein !!!

- Ha ha !
Boum !

- Boris, où allons-nous, cette fois ?
- Avec de la chance, le vent nous fera faire le tour du monde !

- Hou là, ça souffle fort par ici...

- C'est une tempête !
- On va s'écraser…

– Ha ha ha !

- Et maintenant, où nous emmènes-tu, Boris ?
- Heu... nulle part. Allez où vous voulez !
- Hé, quelqu'un a vu mes anneaux ? Je me sens tout nu...

- Je suis fatigué, tout à coup.
- Je vais aller me coucher. Je...

- Je...
- Zzz....

– Il nous a emmenés à l'aventure
en barque et à cheval,
on est allés en train vers
l'inconnu et on a presque fait
le tour du monde en ballon !
Mais il n'a pas été fichu
d'aller jusqu'à son lit…

– Il faut le voir pour le croire…

www.editions-thierry-magnier.com
ISBN 978-2-36474-082-2
Dépôt légal : mars 2012
Loi n° 49-956 du 16 juillet 1949
sur les publications destinées à la jeunesse.
Achevé d'imprimer avec courage
par Printer Portuguesa (Portugal)
en juin 2016 (2e édition).
Conception graphique : La Maison David
Photogravure : Terre neuve